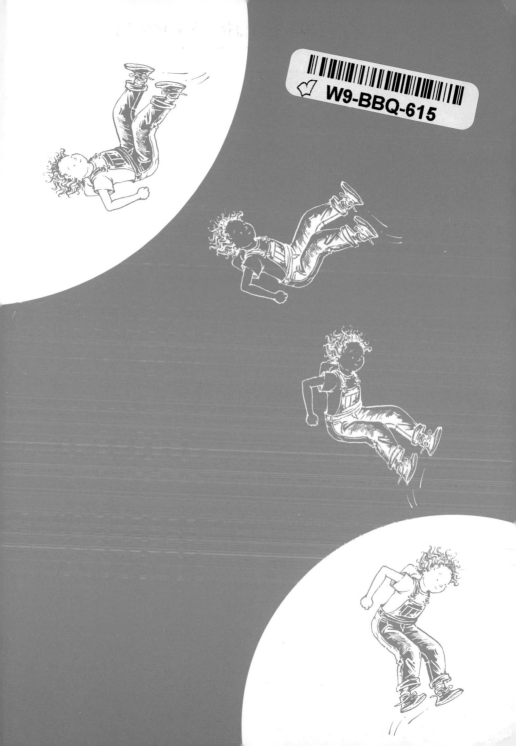

Clementina

Este va para Stephanie Lurie,
la capitana del Equipo Clementina.
S. P.

Para Liz Garden Salad.
M. F.

Título original: *Clementine and the Spring Trip,*
publicado por primera vez
por Hyperion Books for Children,
un sello de Disney Book Group, EE UU
© Texto: Sara Pennypacker, 2013
© Ilustraciones: Marla Frazee, 2013
Gracias a Bianca Ramírez por los dibujos de las páginas 36 y 90-91.

© Grupo Editorial Bruño, S. L., 2013
Juan Ignacio Luca de Tena, 15
28027 Madrid
www.brunolibros.es

Dirección del Proyecto Editorial: Trini Marull
Dirección Editorial: Isabel Carril
Coordinación Editorial: Begoña Lozano
Edición: Cristina González
Diseño de interior: JV, Diseño Gráfico, S. L.

© Traducción: Begoña Oro, 2013

ISBN: 978-84-216-7963-0

D. legal: M-27964-2013
Printed in Spain

Clementina
y la excursión de primavera

Texto de Sara Pennypacker
Ilustraciones de Marla Frazee

Bruño

Capítulo 1

En mi casa nos tomamos muy en serio la primavera.

Después de tanta nieve y tanto hielo, cuando por fin aparecen los primeros rayos de sol, nos volvemos un poco locos.

Por eso, cuando el domingo por la tarde mamá anunció que íbamos a hacer nuestra Excursión Familiar Anual por el parque de la ciudad, agarré mi cuaderno de dibujo. Estaba segura de que iba a encontrar cosas interesantes.

Entramos por el sitio de siempre, donde está la escultura de mamá pato con sus patitos,

y adivina quién estaba junto al último de los patitos de metal...

Marga.

Llevaba unos guantes de goma y frotaba el patito con una bayeta.

—¡Marga! —le grité—. ¿Qué haces?

Pero yo ya lo sabía. Con la llegada del buen tiempo, Marga se «margariza» todavía más con su manía por la limpieza. Se pasa el día sacándole brillo a todo, incluso a las cosas que no son suyas: las puertas del ascensor de nuestro edificio, las farolas de la calle...

—¡Limpieza primaveral! —me contestó ella tan contenta, y siguió frotando el patito.

Mis padres fueron hacia el estanque con *Brócoli*, mi hermano pequeño (si a mí me pusieron un nombre de fruta, es justo que yo le ponga un nombre de verdura a mi hermano, ¿no?).

Yo me senté detrás de los patitos y le pregunté a Marga:

—¿Tu madre te ha dado permiso para limpiarlos?

Marga señaló hacia atrás. Había un grupo de chicos jugando al béisbol.

—Mi madre ha salido con Alan. Estoy con Nico. Me ha dicho que puedo limpiar lo que me dé la gana con tal de que no toque sus cosas de béisbol.

Marga miró hacia donde estaba su hermano Nico. Por la forma nerviosa en que estrujó la bayeta, supe que no estaba muy de acuerdo con esa norma.

—¡Que sepas que las pelotas de béisbol tienen que estar blancas, no mugrosas! —le gritó a su hermano.

Nico sonrió y siguió jugando al béisbol. Él también se «nicoliza» aún más con la llegada de la primavera. No es por el buen tiempo, sino porque empieza la temporada de béisbol y los Red Sox vuelven a jugar. Para Nico, son el mejor equipo de la historia, y está convencido de que tarde o temprano acabará jugando con ellos. Va a todas partes con su bate de béisbol, como si fuera un tercer brazo, y siempre está sonriendo tan feliz.

—Estás dejando esos patos como los chorros del oro —le dije a Marga.

—¿A que sí? —sonrió ella, megaorgullosa—. Mamá pato ya puede estar contenta...

¡Lleva años intentando que sus patitos se den un baño de verdad!

Yo no lo tenía tan claro, pero preferí no decirle nada a Marga. En vez de eso, saqué mi cuaderno de dibujo y me ofrecí a hacer un dibujo de las esculturas.

—Pondré un montón de rayos alrededor de los patitos para que se vea lo relucientes que los has dejado. Igual también pinto una vaca mirando lo limpios que están.

—¿Una vaca?

—Sí. Antes, los granjeros traían sus vacas a pastar por esta zona.

Marga se puso pálida y al momento se miró las suelas de los zapatos.

—Tranquila. Eso era en los viejos tiempos —le dije.

A Marga casi le da algo al oír lo de «los viejos tiempos», y yo sabía por qué: la excursión del jueves al museo de historia, ese sitio donde te enseñan cómo se vivía hace siglos.

Marga puso un trapo limpio sobre mamá pato, se sentó encima y se llevó las manos a la cabeza.

—¡Será sucísimo, Clementina! —gimió—. El otro día nos enseñaron un vídeo y...

¡puajjj! En los viejos tiempos, las casas tenían los suelos de tierra, y por más que barrían cada mañana, ¡todo seguía sucio! ¡Aquella gente estaba loca!

De pronto levantó la cabeza y me miró esperanzada:

—¡Eh, a ti te gusta ensuciarte, Clementina! ¡Podrías ser mi compañera de excursión! Así, si hay que tocar algo asqueroso, podrías hacerlo tú.

—Vaaaaaaale —dije como si me fastidiase, aunque en realidad estaba encantada: ¡es verdad que me gusta ensuciarme!—. Pero, a cambio, tendrás que protegerme de los antiruidos.

Desde que nos contaron que, en la excursión, los de tercero íbamos a comer con los de cuarto, el curso de Marga, ella había estado recordándome sin parar que los de cuarto habían puesto la norma de «ni-un-ruido-al-comer».

Y cada vez que le preguntaba qué pensaban hacer si oían a alguien haciendo ruido, se ponía blanca y empezaba a temblar, como si la respuesta fuese demasiado terrible como para darla en voz alta. Con eso lo decía todo.

Marga se lo pensó antes de contestar:

—Si haces ruido al comer, no podré hacer nada para salvarte —me advirtió—. Pero sí puedo decirte qué deberías llevarte para almorzar sin hacer nada de ruido. ¿Trato hecho?

Estiré la mano para que Marga pudiera chocarla a distancia. Es la forma que se ha inventado de chocar esos cinco evitando los gérmenes.

Luego señaló mi cuaderno y dijo:

—Ya puedes empezar el dibujo. Con rayos resplandecientes. Y sin vaca.

Pero, nada más sacar mis pinturas, llegó mi familia.

Marga miró asustada la tripa de mi madre y dio un paso atrás. Mamá se echó a reír.

—No te preocupes —le dijo—. Aún le quedan unos meses.

Da igual las veces que se lo digamos. Marga siempre se cree que el bebé va a nacer de un momento a otro y que va a salir disparado hacia ella. Por si acaso, no se acercó a mi madre, y no dejó de mirarle la tripa mientras papá le sacaba una foto junto a los patitos relucientes.

Entonces mis padres tuvieron que salir corriendo detrás de *Calabacín* y me llamaron para que fuese con ellos.

—¿Por qué te preocupa tanto que nazca el bebé, Marga? —le pregunté mientras recogía mis pinturas.

—Clementina, los bebés llevan pañales por algo, ¿no? Y no creo que nazcan con ellos puestos...

Como no sabía qué contestar a eso, acaricié la cabeza de mamá pato y me despedí.

Mi familia y yo dimos un buen paseo. Yo iba atenta a ver si veía alguna vaca, pero nada. Aunque sí que vi un montón de cosas chulas: varias cometas, una señora en patinete y como un millón de flores. También había unos obreros taladrando un bordillo, y a *Judía Verde* casi le da un ataque de felicidad al verlos.

Sobre todo, lo que vimos fueron cosas ocupadísimas en crecer: capullos de flores, hierba verde entre la hierba pocha y marrón del

año anterior, y alrededor de cada árbol del parque, montones de arbolitos que habían nacido de las semillas caídas en otoño.

Eso me recordó que el otoño pasado yo misma había plantado un par de semillas de manzana detrás de nuestra casa. La nieve ya se había derretido y todavía no me había pasado a ver cómo iba la cosa.

En cuanto volví a casa, fui a mirar. El interior del murete de ladrillo que debía proteger a mi arbolito cuando creciese estaba todo lleno de hojas caídas, pero cuando las quité con cuidado, ¡adivina qué encontré!

¡Un brote! ¡Un brote de arbolito con cuatro hojitas!

Corrí a casa gritando:

—¡Ha nacido! ¡Ha nacido, ha nacido, ha nacido!

Papá miró preocupado a mamá y ella se abra-
zó la tripa, como si tuviesen miedo de que el
bebé que vivía allí dentro me oyera y le diese
por nacer a él también.

Agarré de la mano a mi madre, ella le cogió la
mano a mi padre, mi padre levantó del sofá a
Espinaca y me los llevé afuera a todos.

—¡Tacháááán! —exclamé—. ¡Ha nacido mi manzano!

Todos empezaron a aplaudir como si hubiera hecho magia (que, en realidad, era justo lo que había hecho).

—Voy a regarlo y a cuidarlo y se hará enorme —les dije—. Y podremos comer manzanas cuando queramos.

Me puse de puntillas, hice como que cogía una fruta y luego hice como que se la pasaba. Hasta *Acelga* pilló el juego y le dio un mordisco a su deliciosa manzana imaginaria.

Y aunque mi padre insistía en que en la suya había un gusano, todos dijimos que eran las mejores manzanas que habíamos comido en la vida.

Capítulo 2

El lunes por la mañana, nada más sentarme en el autobús, Marga me empezó a recordar otra vez lo de comer en silencio.

—No puedes hacer «cras», ni «ñam», ni «crunch». Ni hacer ruido al masticar, ni al sorber, ni...

—Da igual. Creo que solo me llevaré un yogur.

Marga se mordió el labio, pensativa.

—No sé, Clementina... Si el yogur es de esos líquidos, el «glu-glu» que haces al beber es

el peor ruido de todos. No quiero ni pensar qué pasará si haces eso.

Dio unos golpecitos sobre su tartera nueva, una en la que salía una bailarina, y siguió:

—Plátano, quesitos, pan de molde... Esa es mi comida anti-ruido de todos los días. A veces una magdalena, pero sin azúcar crujiente por encima. Por el «cras-cras».

—Pero si a ti no te gustan los plátanos, Marga. Siempre dices que son muy blandurrios, ¿no te acuerdas? Y, además, al final tienen esa parte oscura, esa que llamas...

—El champiñón podrido. Ya lo sé. Es asqueroso —dijo Marga.

—¿Y a tu madre no le extraña que no te gusten los plátanos y le pidas uno cada día?

—Mi madre me prepara la comida y luego yo voy y la cambio toda. No se da ni cuenta.

»Últimamente está rarísima. Todas sus frases empiezan por «Alan». Y él está todo el rato a su alrededor, dándole besos.

Alan es el novio de la madre de Marga. A Marga y a Nico no les parecería mal si no fuese por lo de los besos.

—Creo que ya sé lo que les pasa —le dije—. ¿Te acuerdas de la película de *Bambi*, cuando todos los animales se volvían locos con su parejita? Pues a tu madre y a Alan les pasa igual. Hace unos pocos días, en mi clase les pasó lo mismo a Rachid y a María.

—Sí, será eso —dijo Marga—. ¡Pero a ver si se vuelven normales cuando llegue el verano! Aunque no me quejo, porque así puedo coger mi comida anti-ruido sin que mi madre se dé cuenta. Y también todas las toallitas desinfectantes que quiera.

Entonces abrió su tartera para que mirase dentro. El plátano y los quesitos estaban sobre un colchón de toallitas desinfectantes. Había muchas, muchísimas incluso para Marga, que usa una toallita desinfectante para desinfectar el paquete de toallitas desinfectantes antes de abrirlo.

* * *

Cuando entramos en clase, le pregunté al profe:

—¿Ya?

Don Antón meneó la cabeza.

—No, aún no —luego se dio unos golpecitos en el reloj y añadió—: Pero tiene que ser de un momento a otro. Espero.

Llevamos haciendo esto cada mañana desde hace dos semanas. La mujer del profe ya se ha pasado de fecha para tener su bebé. Eso no es como cuando te pasas de fecha para devolver un libro de la biblioteca. No te multan ni nada. Pero es peor. Esperar es un rollo.

—Vaya, lo siento —le dije, y colgué mi cazadora.

Todos los de clase andaban corriendo de un lado a otro, hablando de que si el jueves esto, el jueves lo otro. Y es que, en mi colegio, la gente también se vuelve un poco loca con la llegada de la primavera. Siempre se organizan excursiones, como si al llegar el buen tiempo tuviésemos que escapar corriendo de las clases.

A los alumnos nos dividen en tres excursiones diferentes, y todas se hacen el mismo día. Este año, los de primero y segundo iban al acuario, y los de quinto y sexto, al museo de ciencias.

Los de tercero y cuarto íbamos al museo de historia, y llevábamos todo el año preparándonos para la visita. En otoño organizamos un festival y un *rally* de bicis para recaudar dinero. En invierno leímos un montón de libros y vimos otro montón de documentales. Pero, aun así, yo seguía teniendo dudas.

—¿Qué tipo de museo es? ¿Uno de esos de solo mirar, o de esos otros en los que haces cosas? —le pregunté al profe cuando nos dio las hojas de permiso para la excursión.

—No entiendo. ¿Cómo que de mirar o de hacer cosas? ¿A qué te refieres?

—¿Vamos a mirar cosas de los viejos tiempos, o a hacer cosas como en los viejos tiempos?

Don Antón nos había vuelto locos enseñándonos cosas de los viejos tiempos. Yo ya estaba un poco harta, la verdad. Como viese un traje antiguo más, me iba a dar algo. Solo hicimos una única cosa como en los viejos tiempos: tortitas, y hasta eso fue un rollo, porque fueron tortitas sin caramelo, ni nata, ni nada. Tortitas a secas. En serio.

—Habrá un poco de todo —contestó el profe.

—Vale, pues yo me pido lo de hacer cosas —salté al momento.

—¡Y yo! —dijo Jairo, y Rachid, y María, y Joe, y Charly, y los gemelos Willy y Lilly, y todos los demás de la clase.

Don Antón se echó a reír.

—Estupendo, acabáis de darme una información muy valiosa. Intentaré que nuestro guía por el museo pille el mensaje. Necesito que el miércoles me traigáis los permisos firmados por vuestros padres. El museo está a una hora de camino, así que saldremos a las ocho en punto. Habrá varios autobuses, y os montaréis con el mismo compañero, en el mismo autobús, a la ida y a la vuelta.

—¿En qué autobuses iremos? El 7 no será uno de ellos, ¿verdad? —pregunté, preocupada.

Al momento, todos los de clase hicieron como que vomitaban.

—¡No, la *Peste* nooooo, puaaaaa! —gritaban.

—¿La *Peste*? —preguntó el profe con cara de extrañado.

Kaila y Charly, que cogen el 7 todos los días para venir al colegio, casi se echan a llorar.

Yo solo he subido al 7 una vez en mi vida, pero con una vez ya vale, créeme.

Si coges las cosas más apestosas que puedas imaginar, las mezclas y las dejas ahí hasta que se pudran, olerá a rosas en comparación

con *la Peste*. Al avanzar por el pasillo, el
olor es cada vez más repugnante, menos en
la última fila, donde mejora un poco. Igual
es porque en la última fila huele a tubo de
escape, y comparado con *la Peste*, el tubo
de escape también huele a rosas.

Don Antón levantó las manos para pedirnos
silencio.

—Por favor, olvidaos ya del 7 y sacad vuestros ejercicios de Matemáticas —dijo.

Sacamos los ejercicios, pero lo de olvidarnos del 7 era imposible.

* * *

—Cuando pasa mucho tiempo sin que les limpie el acuario, mis tortugas huelen igualito que *la Peste* —nos contó Joe en el recreo—. ¡Me juego lo que queráis a que en el 7 hay tortugas!

—No —replicó Charly—. A lo que huele el 7 es al queso ese que apesta a pies.

—No —dijo Jairo—. Huele a pies que huelen a queso de ese que apesta a pies.

Los dejé discutiendo y me fui hacia el pino que hay en la esquina del patio. Después de tanto oír hablar de *la Peste*, necesitaba algo que oliese bien.

Me senté debajo del pino y respiré hondo mientras pensaba en mi manzano. Un día se haría tan alto como aquel pino y olería genial, sobre todo en primavera, cuando estuviese lleno de flores.

Antes de volver con mis compañeros, me metí en el bolsillo unas cuantas agujas de pino, por si acaso todavía seguían hablando de *la Peste*.

Y vaya si seguían...

—No... —estaba diciendo Pancracio-Pascasio—. A lo que huele es a esto: si coges una vomitona de gato y la envuelves en un calcetín nada más quitártelo después de jugar un partido de fútbol, pues así.

En ese momento sonó el timbre del final del recreo.

Mientras entrábamos en clase, seguían discutiendo sobre el olor del 7.

—No —dijo Adrián—. Huele como cuando mi perro se comió un...

—Basta. Ya me he hecho una idea —le interrumpió el profe—. Mandaré una nota a la empresa de autobuses para ver qué puede hacer al respecto.

Capítulo 3

De espaldas, mi madre sigue pareciendo mi madre, pero de frente parece una pera.

Es una suerte, porque se me da mejor dibujar frutas que personas.

Al volver a casa del cole, la vi tan redondita que cogí mi cuaderno de dibujo y empecé a hacerle un retrato.

Primero dibujé una pera y luego le puse ropa encima. Después le dibujé la cabeza, los brazos y las piernas, y le borré la hoja que le salía del hombro. Quedó así:

Cuando le enseñé el dibujo, mamá se fue a su cuarto a mirarse al espejo. La oí suspirar y, cuando volvió, me dijo: «Tienes razón. Parezco una pera».

Después se tumbó en el sofá, se dio unas palmaditas en la tripa y volvió a suspirar.

—Echo de menos mi cintura —dijo.

Volví a mirar mi dibujo, y luego la tripa de mi madre.

—Mamá, ¿dónde han ido a parar tus órganos? El estómago, y los pulmones, y eso.

Ella se echó a reír.

—Oh, todo sigue en su sitio, solo que un poco más apretujado con el bebé ahí dentro, ¿sabes?

—Aún no sé qué prefiero que sea el bebé —dije—. Si es un niño, entonces ya habrá tres en el equipo de los chicos. Y si es una niña, habrá otra más en el equipo de las chicas, pero ya no estaremos tú y yo solas. No sé qué es mejor.

—¿A qué te refieres? ¿Crees que hay distintos equipos en la familia?

—Pues claro. Estamos tú y yo, y papá y *Guisante*.

—En primer lugar, tu hermano no se llama *Guisante*, ni *Coliflor*, ni *Zanahoria*, ni nada de eso. Y en segundo lugar, ¿de verdad piensas que estamos en distintos equipos?

—Bueno...

De repente no estaba tan segura de creer eso.

Mi madre se sentó en el sofá y me miró cara a cara.

—Podrías pensar en la familia como un solo equipo, todos juntos. Y no como un equipo de esos que van contra otro equipo...

Cada vez hablaba un poco más alto.

—No se trata de o nosotros o los demás, de estás conmigo o estás contra mí —gritó—. ¡TODAS las personas formamos un gran equipo!

Yo me levanté de golpe. Cuando mamá se pone en ese plan, lo mejor es salir pitando, créeme.

Pero, antes de que pudiese escaparme, me hizo una buena pregunta:

—Clementina, ¿me puedes decir un solo motivo por el que los chicos y las chicas deberían estar en diferentes equipos?

Yo me quedé parada en la puerta.

—¿No crees que todos quieren lo mismo? —siguió preguntándome—. Te hablo de las cosas importantes: la libertad, el derecho a vivir en un buen lugar...

—¿Te refieres a vivir en una casa bonita?

—Me refiero a vivir en un planeta limpio y cuidado, pero, por supuesto, también en una casa digna, segura y agradable. ¿Crees que los chicos y las chicas están en equipos diferentes respecto a eso? ¿Y qué me dices del derecho a ser lo que uno quiera? De dedicarse a la música, la carpintería, la enfermería... ¿Qué más da que seas chico o chica? No debería importar, ¿a que no?

Suspiré y di marcha atrás, hasta sentarme en el brazo del sofá. La cosa iba para largo.

—Y ya que todo el mundo quiere comer, ¿no crees que todos, chicos y chicas, deberían cocinar? ¿A que tampoco estamos en equipos diferentes para eso, ¿eh?

Nada más oír lo de la comida, me acordé de la excursión del jueves y de lo difícil que iba a ser comer con los de cuarto. Mamá se equivocaba al decir que nadie estaba en contra de nadie... Desde luego, estaba claro que los de cuarto iban contra los de tercero.

—El mundo no se divide en equipos —siguió mamá—. Todos los seres humanos estamos en el mismo equipo.

Entonces pensé que la pobre ya tenía bastante con lo de tener aplastados el estómago, los pulmones y eso, así que solo le contesté:

—Sí, claro. Gracias por la explicación, mamá.

Luego cogí su retrato, le borré las líneas de los costados, se las volví a dibujar rectas en vez de redondas, firmé el dibujo y se lo di.

—De todas formas, sigo sin saber si prefiero que sea niño o niña —dije.

—Mejor —sonrió ella, mirando mi dibujo—. Gracias por esa cintura, Clementina. Si de verdad estuviéramos divididos en equipos, yo te nombraría capitana del mío.

De pronto, *Calabacín* se despertó de su siesta y mamá fue con él.

—Voy a ver qué tal está mi manzano —dije, y fui a llenar la regadera.

En el portal me encontré con mi padre, que estaba limpiando los cristales de la puerta (es el conserje de nuestro edificio, ¿sabes?).

Entonces dejé la regadera en el suelo y le pregunté:

—¿Cómo vas a decorar el portal este mes? ¿Qué vamos a celebrar?

—Uf, pues está complicado... Estamos en el Mes de la Poesía, el de los Soldadores, el del Humor... y el de tropecientas cosas más.

—¿Y? ¿Qué vamos a elegir?

Papá señaló el suelo. Había un montoncito de ramas de plástico y una caja llena de nueces también de plástico.

—Hoy es el Día de las Nueces. Voy a pegarlas a estas ramitas.

—¿Hay un Día de las Nueces, en serio? —le pregunté.

Papá me pasó su lista de celebraciones. Además de las mensuales, había algunas diarias, y cada mes elegimos una para decorar el portal.

Leí la lista. El día 4 era el de Cuenta-Una-Mentira, y el trece era el de la Sinceridad. Como siempre, resultaba muy difícil decidirse por uno y dejar fuera los demás. ¿Cómo renunciar al Día de Échale-La-Culpa-A-Otro, o al del Malabarista, o al del Queso-De-Bola, o al de Dibuja-Un-Pajarito?

Papá y yo nos pusimos manos a la obra y empezamos a pegar las nueces en las ramas.

Justo cuando estaba colocando el cartel de «¡VIVAN LAS NUECES!» en el portal, sonó el ruido del ascensor.

Las puertas de los ascensores son como las de un concurso con premios sorpresa: nunca sabes qué regalo hay detrás de ellas hasta que se abren. Me gusta mirarlas porque, a veces, el que aparece detrás de ellas es Nico. Eso no quiere decir que sea mi novio. No, no, para nada.

¡Y esa vez era Nico!

Cuando salió del ascensor sonreía de oreja a oreja, como siempre.

Y entonces vi quién iba con él.

—¡Eh! ¿Qué haces tú aquí? —pregunté.

—Cosas —contestó Nico.

—No te lo preguntaba a ti, sino a Jairo. ¿Qué haces aquí?

—Cosas —contestó Jairo, echándole una miradita a Nico y riéndose por lo bajo.

Hacía dos meses, Jairo vino a mi casa a preparar un proyecto de ciencias, le presenté a Nico y, desde entonces, no se separan.

Hacen como que se traen entre manos un proyecto megasecreto, pero yo ya sé de qué va: es solo béisbol.

Jairo le está enseñando a Nico la teoría del béisbol, y Nico le enseña a Jairo la práctica.

Los dos chocaron esos cinco con los guantes de béisbol puestos y se fueron.

Al ratito, las puertas del ascensor volvieron a abrirse. Esta vez eran mi madre y *Rábano*.

Mamá se acercó a ver cómo estábamos decorando la entrada.

—Pero... ¿qué demonios...? Está todo lleno de... ¡plástico!

—Sí, ¿a que queda precioso? —dijo papá—. La decoración de la Nuez va a ser una de mis mejores obras.

—¿Y de dónde has sacado nueces... de plástico? —preguntó mi madre tragando saliva y dando un paso atrás (a ella le pasa con el plástico lo mismo que a Marga con los gérmenes; no lo soporta).

Mi padre sonrió, encantado.

—No ha sido fácil, no te creas. Llevo años buscándolas. Primero intenté...

Mamá le paró.

—Da igual. Ni me lo cuentes. Por favor, ¿no podrías poner al menos un cuenco con nueces de verdad, de las que crecen en los árboles y después se recolectan y se comen? Ahora mismo puedo acercarme a comprarlas...

—¡Buena idea! —papá me puso una mano en el hombro y cogió de la mano a *Repollo*—. Yo me quedo cuidando a estas dos buenas piezas y tú te vas a comprar nueces.

Cuando mamá se fue, le pregunté a mi padre:

—¿Vas a empezar a decorar el portal con cosas de verdad, no de plástico?

Papá se sentó con *Boniato* en el banco de la entrada y dio unas palmaditas a su lado para que me sentase yo también.

—No creo —me sonrió—. Pero hoy hace un día precioso y se me ha ocurrido que a tu madre le gustaría darse un paseo. Además, lo del cuenco con nueces no es mala idea. A los vecinos les gustará tomarse un aperitivo al llegar a casa, ¿no?

Capítulo 4

El martes por la mañana, al llegar al colegio, antes del «¿Ya?» y el «No, aún no» de todos los días, me llevé una buena sorpresa.

Detrás de la mesa de don Antón había una chica con el pelo negro y corto que llevaba una mochila morada.

Cuando ya estábamos todos sentados, el profe nos dijo:

—Atención, por favor. Quiero que conozcáis a una compañera nueva. Se llama Oliva y cuento con vosotros para hacer que se sienta a gusto.

Don Antón nos hizo presentarnos uno a uno y luego llevó a Oliva hasta el pupitre vacío que había al fondo de la clase. Nadie lo había usado desde que Baxter se fue en septiembre.

Todos echábamos de menos a Baxter, y no solo porque, por veinte céntimos, te dejaba mirarle los dedos de los pies (tenía los meñiques pegados con los dedos de al lado).

Un día soltó los tornillos del perchero de clase y todos los abrigos se fueron al suelo, y llenó de mayonesa el cajón de las pinturas..., ¡y todo eso en su primera mañana en el colegio!

Don Antón mandó a Baxter con la directora, y media hora más tarde, cuando ella lo trajo de vuelta, oí que le decía al profe en voz bajita:

—Buf, menudo elemento...

Mientras esperábamos el autobús para volver a casa, Baxter nos contó que, en la media hora que había estado con la directora, se las había apañado para desmontarle una aguja al reloj de su despacho y también le había cambiado los grifos de agua fría y caliente a su baño particular.

—¿Te has traído herramientas de casa para hacer todo eso? —le pregunté.

—¿Herramientas? —repitió con una sonrisita—. Bah, eso es de pringados.

Entonces sacó de su mochila una bolsita con un palito de polo, un clip, un paquete de chicles, un par de chinchetas y un montoncito de gomas elásticas.

—Con lo que llevo aquí puedo desmontar cualquier cosa —dijo.

Algunos chicos no le creyeron.

—Es imposible que hicieses todo eso delante de la directora. Seguro que te lo has inventado —le dijo Charly al día siguiente, de camino al colegio en el autobús.

A cambio, Baxter le escondió el sándwich del almuerzo y le colocó en su lugar una ranita de plástico.

Cuando lo descubrió, Charly se puso hecho una furia.

—¡Encima, era de «huevatún», un sándwich que me acabo de inventar, con huevo duro y atún! —gritaba enfadado—. Además de un trolero, ¡eres un chorizo, Baxter!

Pero como Charly era el único que estaba enfadado con Baxter, los demás no le hicimos mucho caso. No nos importaba si decía la verdad o no. Nos gustaba que estuviera en clase.

Hasta que, tres días después, Baxter dejó de venir.

Esa tarde, en el autobús de vuelta a casa, se lo conté a Marga:

—Baxter se ha ido a vivir a otro sitio.

—¡Ja, no me extraña! Seguramente le habrán metido en la cárcel.

Cuando les conté a los de clase lo que Marga había dicho, a todos les pareció genial. ¡Fijo que Baxter conseguía escaparse de cualquier cárcel del mundo! Seguro que dentro de poco volvería a estar con nosotros y tendría un montón de historias que contar.

Llevábamos todo el año vigilando su pupitre, esperando que apareciese cualquier día. Pero ahora había llegado esa chica nueva, Oliva, y había ocupado su sitio.

A la hora del recreo, todos la rodeamos para ver si era tan interesante como Baxter.

—¿Puedes usar la uña del pulgar como destornillador? —le preguntó Willy.

—¿Y abrir un candado con un clip? —le preguntó Charly.

Oliva respondió que no a las dos cosas.

—¿Has estado alguna vez en la cárcel? —le pregunté yo.

—No —contestó ella—. Nunca.

Como parecía un poco asustada con nuestras preguntas, sonreí para tranquilizarla y le dije:

—Bueno, ni yo. Y tampoco sé hacer nada de lo que Baxter hacía.

Eso pareció animarla un poco. Al menos ya teníamos algo en común.

—¡Eh! —me dijo de pronto—. ¡Las dos tenemos nombre de comida!

Me quedé parada. Llevaba toda la vida deseando no tener un nombre de comida. Por eso llamo a mi hermano con nombres de verduras, para hacer justicia. Pero sigue sin ser justo. «¡Nadie tiene nombre de comida! ¡Yo soy la única!», les he dicho un millón de veces a mis padres. ¡Y ahora resulta que aparecía alguien como yo!

—¿Alguna vez has querido tener un nombre normal y corriente? —le pregunté a Oliva.

—¡Claro que no! —contestó ella, sorprendida—. Oliva es un nombre genial. Además, tiene su propio lenguaje secreto.

Las diecinueve cabezas de clase, incluida la mía, se giraron extrañadas.

—Es el «lenguaje Oliva» —nos explicó—. Me lo he inventado yo. Hay que decir la palabra «Oliva» detrás de cada sílaba.

Entonces señaló sus zapatos y dijo:

—Zaolivapaolivatosoliva.

Después señaló la gorra de Willy y dijo:

—Golivarraoliva.

Luego señaló mi cazadora y dijo:

—Caolivazaolivadolivaraoliva.

La clase entera se la quedó mirando como si el «lenguaje Oliva» fuese lo más flipante de la galaxia, y empezaron a usarlo con todo lo que nos rodeaba: «¡arolivabololiva!, ¡coliva-lumolivapioliva!, ¡peolivalolivataoliva!».

—Eh, que mi nombre también es genial —les interrumpí, pero nadie me hizo ni caso—. Y yo también tengo un len...

Un par de chicos de clase me miraron cuando estaba a punto de decir «un lenguaje secreto» en mi nuevo lenguaje secreto, pero entonces me di cuenta de que antes tendría que inventármelo.

Y lo que me inventé sobre la marcha fue decir la palabra «Clementina» detrás de cada sílaba.

Practiqué un poco en mi cabeza, pero no era fácil, nada fácil...

Para cuando fui capaz de decir la primera palabra: «¡enclementinaguaclementinajeclementina», todos se habían vuelto otra vez hacia Oliva.

Cuando llegué a casa del colegio, fui directa a la cocina a buscar algo de comer.

Marga se había pasado todo el camino de vuelta a casa requete-recordándome la norma de «ni-un-ruido-al-comer», y me habían dado unas ganas horribles de comer cosas ruidosas.

Cogí una barrita de cereales megacrujiente y le di un buen mordisco.

Al momento entró en la cocina *Hidratante*, mi gato, para ver si estaba zampándome sus galletitas. Cuando se dio cuenta de que se trataba de comida humana normal y corriente, levantó el morro y empezó a jugar a ese nuevo juego que se ha inventado, el de «Me-Hago-El-Interesante».

Miré por la ventana que hay encima del fregadero y fingí estar interesadísima en los pies que veía pasar por la acera (nuestra casa está en el sótano, un poco por debajo del nivel de la calle, ¿sabes?).

Al segundo, oí las patitas de *Hidratante* acercándose y noté que se paraba a mi lado, pero en cuanto lo miré, él bostezó para demostrarme que yo no le interesaba ni pizca.

Entonces me senté a la mesa, y cuando él se acercó y lo miré, se volvió para echarle un vistazo a su cola, como si no tuviera ni idea de cómo le había crecido una cosa así al final del lomo.

En ese momento, mamá entró en la cocina. No dijo nada de: «Hola, cariño, ¿cómo te ha ido el día?», como suele hacer.

En vez de eso, abrió de un tirón la puerta de la nevera y miró dentro como si fuese un lobo hambriento asomándose a la madriguera de un conejo (una vez lo vi en un documental). La única diferencia es que a mi madre no se le caía la baba.

Yo ya sabía lo que significaba eso: mamá tenía un antojo.

Normalmente, cuando estás embarazada te dan antojos de pepinillos con helado, pero a mi madre no le ha dado por ahí, ni siquiera por comer esas dos cosas por separado.

Aun así, cada lunes, mi padre compra pepinillos y helado, por si acaso. Y también compra almejas, que son el verdadero antojo de mamá.

—¡Pero bueno! ¡No quedan almejas! —gritó tan alto que debió de oírla hasta la señora Jacobi, que vive en el último piso de nuestro edificio—. ¡Como no me tome unas almejas AHORA MISMO, me va a dar algo!

Papá apareció derrapando en la cocina y le dio unas palmaditas en el hombro.

—Ayer te comiste una fuente entera de almejas, querida —le recordó con voz cariñosa.

Mi madre le lanzó una mirada de esas en plan: «NO estoy de broma, necesito almejas

YA», y papá se rindió y dio media vuelta. Luego me llamó y lo seguí hasta la entrada.

Nos pusimos las gorras de los Red Sox, esas que Nico se empeña en que llevemos en cuanto empieza la temporada de béisbol, y nos fuimos a la pescadería.

Capítulo 5

El miércoles por la mañana

tomamos cereales para desayunar.

—Dime si oyes algún ruido —le pedí a *Cebollino*.

Cogí una cucharadita de nada, me la metí en la boca y me la tragué lo más silenciosamente que pude.

Alcachofa cerró los ojos y se tapó las orejas como si estuviera oyendo el martillo neumático que taladraba el suelo el otro día en el parque. Le lancé una mirada asesina que hizo que se cayera al suelo de la risa.

Por un lado, *Remolacha* se parece a mi padre en que se cree muy gracioso. Por otro, no se parece en nada porque *Zanahoria* jamás tiene gracia.

—Tú ríete —le dije—. Ya te tocará algún día comer con los de cuarto, ya..., y veremos quién se ríe entonces.

Durante todo el camino al colegio, Marga me estuvo requete-quete-recordando la dichosa norma. De tanto oír hablar de todos los distintos ruidos que podía llegar a hacer, casi me da un ataque. Y cuando entré en clase fue aún peor.

Después de nuestro «¿Ya?» y «No, aún no», el profe me llamó a su mesa.

—Clementina —me dijo—, he pensado que mañana, para la excursión, vas a sentarte en el autobús con Oliva.

—Imposible —le contesté—. Ya he quedado en sentarme con Marga. Se lo he prometido. Lo siento.

—Su profesora le conseguirá otro compañero de asiento, tranquila —dijo don Antón—. Yo necesito a alguien de fiar para que se siente con la nueva alumna.

—¿Y por qué yo? ¿Por qué no se sienta Willy? ¿O Lilly? ¿O Willy y Lilly juntos? —pregunté, aunque ya sabía la respuesta: Lilly estaba demasiado ocupada mangoneando a su gemelo Willy como para mangonear a alguien más.

—Tómatelo como un halago, Clementina —sonrió el profe—. Sé que tú conseguirás que Oliva se sienta a gusto en la excursión.

Me dieron ganas de preguntarle: «¿Y qué pasa con Marga? ¿Y conmigo? ¿Quién va a hacer que nos sintamos a gusto en la excursión?». Pero don Antón ya se había levantado y estaba recogiendo los permisos firmados por nuestros padres.

Cuando preguntó quién se presentaba voluntario para llevarlos a secretaría, levanté la mano como un cohete.

Después de dejarlos en secretaría, llamé a la puerta del despacho de la directora.

Nada más verme, ella extendió la mano esperando la notita del profe que solía llevar

cada vez que iba a verla. Pero esta vez no había notita.

—He venido a presentarme voluntaria para vigilar la fiesta de mañana.

—¿La fiesta...? —preguntó la directora—. ¿Qué fiesta?

—La que van a montar las monitoras de comedor y los bedeles. Ya sabe, con toda la comida que nos birlan cuando no nos damos cuenta.

—No tengo noticia sobre ninguna fiesta prevista para mañana —dijo la directora—. Lo que sí está previsto para mañana es la excursión de primavera.

—Oh, sí —dije suspirando en plan teatro—. Será una pena perdérmela. Pero si no me la pierdo, puede que las monitoras de comedor y los bedeles acaben bailando y jugando al póquer. Puede que hasta el bibliotecario vaya a la fiesta. Y la enfermera. Y puede que se besen y todo. Y ya sabe cómo se pone la gente con esto de la primavera. Será mejor que me quede y los vigile. Mi amiga Marga también podría quedarse.

—Clementina, mañana, el comedor estará cerrado. Todos los trabajadores tienen el día libre. Además, tengo entendido que vas a ocuparte de la alumna nueva en la excursión, ¿verdad? Tu profesor cuenta contigo. Y me parece que ha hecho muy bien al elegirte a ti para esa misión.

De repente me sentí demasiado cansada como para seguir haciendo teatro. Dejé caer la cabeza sobre la mesa de la directora (por cierto, debería poner una almohada ahí, porque hablar con ella hace que se te canse la cabeza).

—¿Pasa algo, Clementina? —me preguntó.

Yo giré la cabeza para poder hablar.

—Marga no puede tocar nada por miedo a los gérmenes —le dije—. Me necesita a su lado para que vaya abriendo las puertas y eso. Y yo la necesito porque no consigo comer sin hacer ruido. He ensayado un montón en casa, pero no hay manera —levanté un momento la cabeza para mirarla y seguí—: Además, no quiero comer en

silencio. ¿Por qué tengo que preocuparme por una tontería así? Quiero quedarme en tercero toda la vida.

La directora apoyó la cabeza en la mano.

—No tienes muchas ganas de pasar a cuarto, ¿no? Y eso, ¿por qué?

Yo le conté todo lo que Marga me había explicado sobre la norma de «ni-un-ruido-al-comer» de los de cuarto. Incluso puse las caras espantosas que había puesto Marga y que me habían dado tanto miedo para que la directora lo entendiese.

Pero, cuando terminé de hablar, lo único que hizo fue encogerse de hombros y decir: «Tienes razón con lo de la norma esa. ¿Qué crees que podría hacer al respecto?», lo que significaba que, por mucho que ella fuese la que más mandaba de todo el colegio, no tenía ni idea de cómo hacer que los demás no fueran unos mandones.

Así que me levanté de la silla y le dije que ya no tenía nada más que añadir.

—Hasta mañana —me dijo la directora.

—Vale —dije yo.

Pero no valía. Nada de nada.

Cuando llegué a casa, me tumbé junto a la ventana a ver si veía un pajarito para practicar el Día de Dibuja-Un-Pajarito.

Por muy mal que esté, hay un método que nunca falla y que me hace sentirme mejor: dibujar.

Enseguida descubrí algo que podría quedar genial: una paloma intentando llevarse un dónut que se había caído a la acera. Cada día, desde el séptimo piso, la señora Jacobi tira cereales en forma de aro a las palomas. Esta vez la paloma parecía estar pensando: «¡Uauuu, he encontrado un aro gigante!».

Le cogí a mi madre un papel de los grandes y me senté en el suelo a dibujar. No creas que era fácil. Había que captar esa cara de «¡Oh, debo de estar soñando!» de la paloma. No había forma de que me saliera bien el pico. Cuando ya lo estaba borrando por

tercera vez, mi padre asomó la cabeza por el cuarto de estar y dijo:

—Clementina, tenemos una llamada del Pentágono.

Me puse de pie de un salto y le hice el saludo militar.

—Señor, sí, señor.

—¿Qué es esa bromita del Pentágono que os traéis entre manos últimamente? —preguntó mi madre—. No la pillo.

—Lo siento, mamá. Es una misión secreta —le dije—. Seguridad nacional.

Ella meneó la cabeza y yo seguí a mi padre. Salimos de casa y fuimos al taller. Yo cerré la puerta.

—Todas las precauciones son pocas cuando trabajas en el Pentágono —le recordé.

Mi madre se cree que papá y yo bromeamos cuando hablamos del Pentágono, pero la auténtica broma es que no, que hablamos en serio.

El Pentágono es una cosa real, solo que no es el edificio ese que está en la capital de Estados Unidos.

Nuestro Pentágono es un regalo secreto que estamos construyendo mi padre y yo para celebrar la llegada de mi nuevo hermanito: una mesa perfecta para nuestra nueva familia, con cinco lados, uno para cada uno de nosotros.

No es nada fácil hacer una mesa de cinco lados, como un pentágono, no creas.

El problema son las esquinas, que no son ángulos rectos como en las mesas normales y corrientes. Fui yo la que se dio cuenta, después de pasarme un buen rato mirando un dibujo de mi libro de Matemáticas: «Mira, papá», le dije. «En realidad, un pentágono es como si juntases tres triángulos».

Mi padre miró y remiró el dibujo del pentágono en mi libro, pero no acababa de pillarlo.

Al final tuve que dibujárselo:

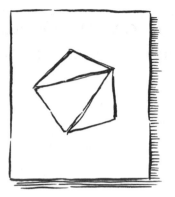

Cuando por fin lo entendió, papá se echó
a reír:

—¡Eres una genio! —me dijo.

Quitó la sábana que cubría el Pentágono.
Aún no era una mesa, pero se notaba que
pronto lo sería. Ya teníamos las cinco patas
preparadas, todas igual de largas. La parte
de arriba era de una madera muy bonita que
habíamos barnizado.

—¿Qué toca hacer hoy? —pregunté.

—Vamos a montar el faldón de la mesa
—dijo mi padre—. Está compuesto por las

piezas que se colocan perpendiculares al tablero principal, rodeando el perímetro, justo debajo de...

—Ya lo pillo... —le interrumpí—. El faldón es la parte que cuelga del tablero de arriba como una falda. Y por debajo salen las patas, como las piernas salen por debajo de una falda. Y por eso se llama faldón.

—Pues... ¡Sí, claro! Supongo que es otra forma de decirlo. Y ahora lo que necesitamos es sierra, taladro, lápiz y algunos tornillos.

Nos abrochamos nuestros cinturones de herramientas y nos pusimos manos a la obra.

No es fácil hacer agujeros con la taladradora a unas maderas para unirlas con tornillos.

—Vamos paso a paso —dijo papá—. Una herramienta. Una mano. Una pieza de madera.

Sujeté un tablero. Mi padre puso la regla. Con la otra mano, marqué la rayita donde teníamos que taladrar.

Papá tenía razón. Una herramienta, una mano, una pieza, y paso a paso, conseguimos hacer el faldón del Pentágono.

Cuando estaba colgando mi cinturón de herramientas junto al de mi padre, oímos que llegaba el ascensor. Tapamos el Pentágono con la sábana, salimos del taller y cerramos la puerta.

Era Marga. Traía cara de «estoy a punto de llorar, pero no quiero», y señaló hacia la puerta de mi casa sin decir ni pío.

Entramos y la seguí hasta mi cuarto.

—¿Qué pasa? —le pregunté.

Marga se dejó caer en mi cama sin poner siquiera la toalla antigérmenes que siempre coloca antes. En la vida le había visto hacer algo así.

—Mi madre y Alan no se conforman con besarse todo el rato... ¡Se van a casar! ¡Y Alan va a venir a vivir a casa! Cuando nos enteramos, Nico dijo: «Ah, vale», y se fue a su entrenamiento de béisbol como si nada. ¿Cómo pudo? ¡Es horrible!

—Pero yo pensaba que Alan te caía bien —le dije.

—Sí, ya me he acostumbrado a él —dijo Marga—. No me importa que se mude a casa él, ¡pero su pipa...! ¡Clementina, va a venirse a vivir a casa... con su pipa! Cada vez que toque algo tendré que preocuparme de si hay gérmenes de pipa por ahí rondando. Estábamos bien como estábamos. ¿Por qué mi madre tiene que cambiarlo todo?

Recuerdo que, este invierno, cuando supe que mi madre iba a tener un bebé, pensé lo mismo: ¿CAMBIOS? ¡NO, GRACIAS!

—Sí, todos los cambios tienen un lado malo —dijo mi padre, que se había asomado a mi habitación a ver qué tal iba la cosa con Marga—. Pero también tienen su lado bueno. Depende de nosotros prestar más atención a un lado o a otro.

—Eso —le dije a Marga—. Piensa en el lado bueno de que Alan se mude a tu casa. ¿Hay algo bueno?

Marga se concentró un buen rato y al final dijo:

—Alan odia el béisbol. Mi madre y Nico están obsesionados con el béisbol. Ahora por lo menos estamos empatados. ¡Hey! ¡A lo mejor algunos días podríamos ver *La Patrulla de la Limpieza* en vez de los partidos de los Red Sox!

El programa favorito de Marga es uno que consiste en que un equipo de profesionales va a casas hechas un asco y las deja relucientes mientras sus dueños están fuera, como si eso fuese a darles una sorpresa maravillosa. Una vez, papá me dijo en broma que iba a llamar a los de *La Patrulla de la Limpieza* para que se pasasen por mi cuarto y dejé de hablarle tres horas seguidas.

De todas formas, no creo que alguien que se va dejando su pipa por cualquier parte vote por ver *La Patrulla de la Limpieza.*

—¿Se te ocurre alguna otra ventaja de que se casen? —pregunté.

Marga se tiró tanto rato haciendo «mmm, mmmm» que empecé a perder la esperanza. Hasta que se le ocurrió algo:

—Cuando mis padres estaban casados, nunca se daban besos. Puede que mi madre y Alan dejen de besarse cuando se casen.

Marga parecía tan emocionada con esa idea que no quise darle las malas noticias... Y es que mis padres están casados y se dan besos todo el rato.

Marga se levantó, fue hacia mi mesa y se quedó mirando mis cosas mientras se retorcía las manos.

Como las clementinas de verdad, mi mente también se divide en gajos. Al ver a Marga ahí, delante de mi mesa, la mitad de mis gajos tenían ganas de gritar: «¡No toques nada!». Pero la otra mitad pensaban: «Bah, déjala que juegue a *La Patrulla de la Limpieza* con tu mesa. Eso la hará feliz».

Por suerte, antes de que pudiese decidir a qué mitad hacer caso, llamaron a la puerta de mi cuarto.

Era otra vez mi padre. Traía la foto que le había hecho a Marga con mamá pato y sus patitos el domingo pasado en el parque.

—Pensé que te gustaría tenerla —le dijo.

Ella se puso tan contenta al verla que parecía sonreír con toda la cara.

Y eso me dio una idea.

Cuando Marga se fue, saqué el dibujo de la paloma que había empezado, le di la vuelta a la hoja y empecé otro dibujo.

Me llevó bastante tiempo porque tenía que poner a cada patito sus propios rayos brillantes. Y luego tuve que poner otro montón de

rayos sobre Marga, para que pareciese un pequeño sol.

Cuando acabé, quedó precioso. Y aunque aún faltaba para el Día de Dibuja-Un-Pajarito, mi padre y yo lo colgamos en el portal de nuestro edificio.

Capítulo 6

El jueves por la mañana, los párpados se me abrieron de golpe.

Si lograba librarme de los de cuarto, aquel iba a ser un día genial.

Salté de la cama y fui corriendo a la cocina a prepararme la comida para la excursión. Pero mi madre ya se había levantado y estaba en ello.

—¡No, mamá! ¡Galletas no! ¡Zanahorias no! ¡Manzana no!

—¿Por qué no? —preguntó mientras cerraba la bolsita con las zanahorias—. Pero si te gustan.

—Sí, me gustan, ¡pero no puedo comerlas! Hacen tanto ruido que me oirían desde Marte.

—Pero ¿qué dices, Clementina? —dijo mientras sacaba un yogur líquido.

—¡No! ¡Con el yogur haces «glu-glu»! ¡«Glu-glu» es el peor ruido de todos! En esta excursión vamos con los de cuarto, mamá. Y los de cuarto tienen una norma de «ni-un-ruido-al-comer». No puedes hacer «cras», ni «crunch», ni «ñam». Ni hacer ruido al tragar.

Mi padre entró en la cocina con *Calabacín* en brazos.

—¿Una norma «ni-un-ruido-al-comer»? —preguntó.

—Justo —dije yo. Y entonces les expliqué todo lo que me había advertido Marga.

Cuando acabé, papá dejó de echar leche a los cereales de *Judía Verde* y me preguntó:

—¿Quién se ha inventado esa norma?

—Papá, que ya os lo he dicho. Los de cuarto. Primero solo los malos. Pero luego ya todos.

—Sí, ¿pero quiénes se creen que son? ¿Los patrulleros de los ruidos?

—¡Papá, que son los de cuarto, los que más mandan en todo el colegio!, como son los mayores... Bueno, sin contar a los de quinto y los de sexto, pero ellos están en el segundo piso.

Me acerqué a mi padre, le miré a los ojos, le sonreí y le dije con voz muy suave:

—Papá, los de cuarto son Marga y los demás de su curso.

—¿Pero no son chicos que antes de ir a cuarto iban a tercero? Me parece que eso es a lo que se refiere tu padre —replicó mamá—. ¿Y quiénes serán los de cuarto el curso que viene?

—¡Los de tercero! ¡Nosotros! ¡Yo! —exclamé. Y entonces me di cuenta—: Oh.

—Exacto —dijo mi madre—. ¿Y tú pondrías una norma como esa?

—¡Claro que no! —contesté—. Seguramente pondremos una norma nueva. Por ejemplo, que es obligatorio hacer todo el ruido posible al comer.

Mi padre dejó el bol de cereales de *Pepino* y dijo:

—Clementina, la comida es algo serio. Hay mucha gente que sería feliz solo con tener la suficiente. Quizá no tendríais que poner ninguna norma sobre la comida. De hecho, no deberíais poner ninguna norma, de ninguna clase.

—Papá, lo mejor de ser de cuarto es que puedes poner normas —le recordé.

Mi padre suspiró y se fue a trabajar, mamá se fue a vestir a *Pimiento* y yo cambié lo que me había puesto en la tartera por mi propia comida.

Cuando salí al portal, vi a papá.

—¿Has cogido los deberes, cariño? —me preguntó.

—Hoy no tengo —dije—. Hoy vamos a la excursión.

—Ah, sí —me dijo, y palpó mi mochila—.
Bien, aún tienes espacio de sobra.

Me abrió la mochila y metió un paquete de
nueces.

—Cortesía de la comunidad de vecinos. Tu
madre se pasó comprando. Compártelas con
tus amigos iy pasadlo bien!

No me dio tiempo ni a decirle lo peligrosísi-
mo que sería comer nueces con el ruido que
hacen al abrirlas, porque en ese instante se
abrió el ascensor y de él salió Marga.

Nada más verme, me señaló y me dijo:

—Le harás un cenicero. Se lo regalaré y le
diré: «Alan, esta es la casa de tu pipa».

—¡Qué buena solución, Marga!

Y lo era. De golpe había conseguido que
todos hiciésemos lo que más nos gusta: yo,

un proyecto artístico; Marga, una norma, y Alan, fumar en pipa.

Luego le señalé el dibujo que había hecho en el que salía ella con los patitos brillantes.

Marga lo miró y se quedó haciendo «oh» tanto rato que temí que perdiéramos el autobús. Al final tuve que arrastrarla fuera.

—Acuérdate de que me prometiste que me dejarías limpiar el portal el fin de semana —le dijo a mi padre—. Y las escaleras también, ¿vale?

Papá contestó «vale» y yo saqué a Marga del portal.

Ya en el autobús, le enseñé lo que había escogido para comer.

—No habrás puesto mayonesa en el sándwich, ¿verdad? —me preguntó.

—Claro que no —contesté yo—. Nada de «ñam».

Dio su aprobación a los quesitos y las uvas, me metió un paquete de toallitas desinfectantes en la tartera y al final me dijo:

—Está bien, pero recuerda: boca cerrada.

Guardé la tartera con la comida y le pregunté a Marga:

—¿Qué harás el año que viene, cuando estés en quinto?

Ella se hundió en su asiento como si, de pronto, la cabeza le pesase muchísimo más de lo normal.

—Ojalá pudiese quedarme en cuarto toda la vida —dijo—. No te imaginas las historias tan terribles que me cuenta Nico sobre el segundo piso. Dice que es un milagro que los de quinto sobrevivan allí.

—Ya, pero a lo que me refería era a qué ibas a hacer cuando dejes de poder inventarte normas y mangonear.

Marga se quedó aún más cabizbaja.

—No lo sé —murmuró—. Es el fin de mi vida.

Cuando llegamos al colegio, fuimos a clase como un día cualquiera, pero una vez dentro, lo único que hicimos fue pasar lista y escuchar por millonésima vez cómo debíamos comportarnos en la excursión. Luego nos pusimos en fila para salir.

Al ratito, todo el colegio estaba fuera, esperando. Los profesores leyeron la lista de parejas e hicieron grupos para subir a los autobuses.

Kaila me dio un codazo y señaló uno de ellos.

—¿Qué? —pregunté—. Es un autobús. ¿Y?

Y entonces lo entendí.

—Oh, no. Oh, no, no, no —gemí—. Kaila, ¿no será...?

Ella dijo que sí con la cabeza.

Enseguida corrió la voz y al momento todos estábamos mirando el autobús 7 como hip-

notizados. Casi podías ver los rayos apesto-
sos saliendo de él.

—Venga, ánimo —le dije a nuestro grupo—.
Puede que sea el de los mayores.

Pero los de quinto y sexto subieron a los
autobuses 5 y 1 y salieron camino del museo
de ciencias.

El autobús 7 esperaba como una bomba féti-
da lista para explotar.

—Venga, ánimo —dije—. Puede que sea el
de los pequeños.

Entonces los de primero y segundo subieron
a los autobuses 11 y 4 y salieron hacia el
acuario.

—Venga, ánimo —dije—. Seguramente será
para el otro grupo de tercero y cuarto.

Pero hasta yo sabía lo que iba a pasar: el
otro grupo de tercero y cuarto subió bailan-

do de alegría al autobús 3, feliz de librarse de *la Peste*.

Y el autobús 7 se detuvo delante de nosotros.

Si alguna vez has visto a los prisioneros de un barco pirata avanzando por una tabla hasta caer al mar para que se los coman los tiburones, te harás una idea de cómo subimos a ese autobús.

Los chicos más fuertes consiguieron los sitios de delante, los que estaban más lejos de *la Peste*.

Oliva y yo tuvimos que conformarnos con una de las filas del final. Allí, *la Peste* era apestosa de verdad.

Willy y Lilly estaban delante de nosotras, María y Rachid se sentaron al otro lado del pasillo, y Marga y Amanda se sentaron en la fila de atrás.

Al momento, todo el mundo empezó a soltar gemidos y arcadas. Yo no sabía qué era peor, si el olor o las quejas por el olor. Apoyé la nariz contra el cristal y me tapé los oídos.

La puerta del autobús volvió a abrirse y subió la directora.

Avanzaba por el pasillo y miraba fijamente a los ojos a cada uno hasta que se callaba.

Yo de mayor no quiero ser directora de colegio, pero pienso estudiar en una escuela de directores de colegio para aprender trucos tan chulos como ese.

Cuando la directora llegó a nuestra fila, apreté fuerte los labios para que viese que estaba supercallada. Y luego me tapé la nariz e hice como que me desmayaba para que supiese también que allí olía que tiraba para atrás.

La directora comprobó que Oliva y yo estábamos calladitas y luego se volvió a mirar fijamente a María y Rachid.

Entonces descubrí algo que no había visto en toda mi vida: la directora no llevaba zapatos de directora. En vez de eso llevaba puestas unas cosas blanditas de color azul marino.

Me asomé por encima del respaldo del asiento para verlas mejor. Se supone que eran una especie de sandalias, ¡pero parecían unos coches de choque!

Cuando volví a sentarme bien, la *Peste* me envolvió y se me metió por la nariz.

La directora ya estaba otra vez al principio del pasillo y nos pidió que atendiéramos.

—La empresa de autobuses me ha asegurado que han limpiado muy bien este, así que basta de quejas. Podéis hablar, pero en voz baja.

Luego se sentó detrás del conductor con la profesora de Marga, y el autobús por fin arrancó.

Los chicos a mi alrededor volvieron a hablar, solo que ahora en bajito. Y en otra lengua. En «lenguaje Oliva».

Willy y Lilly le contaban a Oliva historias de gemelos en «lenguaje Oliva». María y Rachid invitaron a Oliva a sus cumpleaños en «lenguaje Oliva». Algunos otros le pasaron notitas escritas en «lenguaje Oliva».

A ese paso, en una semana, Oliva sería amiga íntima de todos, menos mía.

¿Cómo iba a querer ser amiga mía si yo ni siquiera sabía hablar su lenguaje?

Era como si Oliva hubiese hipnotizado a todo el mundo.

Lilly sonreía como si estar cerca de Oliva fuese un sueño hecho realidad.

Me hundí en mi asiento. Aquello no era nada divertido.

Por suerte, yo me había inventado un juego para momentos así de aburridos, el juego del «Brazo Muerto», y se juega así:

Haces como que se te ha dormido un brazo. Solo lo puedes mover con ayuda del otro brazo, el que sigue vivo, o con ayuda de los dientes. Si usas los dientes, tienes que hacerlo flojito, como una mamá gato cuando coge a sus gatitos, porque en realidad tu brazo no está muerto, y si te muerdes fuerte, puedes hacerte daño.

Me levanté el brazo derecho con el izquierdo y lo dejé caer encima de la cabeza de Willy.

—Déjame —dijo él, sin darse la vuelta siquiera—. Estoy intentando dibujar un tiburón zombi y me estás moviendo.

Luego se volvió, sonrió a Oliva de oreja a oreja y dijo:

—Huy, quiero decir: estoy intentando dibujar un «tiolivabuolivaronoliva zomolivabioliva».

Cerré los ojos y metí los puños en los bolsillos de la cazadora. ¿Y sabes qué encontré ahí? ¡Agujas de pino! Eso es lo que tiene de bueno no vaciarse los bolsillos jamás.

Las saqué, me las puse en la nariz y disfruté del aroma a pino. Pero, un rato después, el aroma se gastó.

Eché la cabeza hacia atrás para ver si al menos me llegaba un poco de olor a tubo de escape, pero no sirvió de mucho. Para cuando se abrieron las puertas del autobús, *la Peste* me había dejado medio muerta, como a todos los demás.

Capítulo 7

Lo primero que hicimos en el museo fue un recorrido real por la forma de vida de los pueblos primitivos.

En ese momento estaban trabajando en el campo y olía fenomenal, como a tierra recién removida y a cosas que intentan crecer.

—Plantan maíz, judías y calabacines —nos dijo el guía—. Cinco semillas en cada montoncito. El cinco era un número de la suerte para estos primeros pueblos.

Yo me acordé del Pentágono y pensé: «Para mi familia también».

Después nos tuvimos que poner de dos en dos, cada uno con su compañero, para entrar en el poblado inglés del siglo diecisiete. El guía nos recordó que todas las personas que íbamos a encontrar dentro eran actores.

—Los vais a ver en su día a día, trabajando en sus cosas. Podéis preguntarles lo que queráis o ayudarles en sus tareas.

Aunque Marga estaba delante de mí en aquella fila, pude imaginar la cara que pondría al oír eso. Para ella era como si el guía hubiera dicho: «Podéis hacer la croqueta sobre un vertedero de basura». Cuando entramos, aún la veía temblar.

Lo primero que vimos fue una pocilga llena de cerdos. Marga se llevó las manos a la cabeza e intentó dar media vuelta, pero Oliva y yo la paramos. Aquellos cerdos no parecían actores; parecían cerdos vivitos y coleando. Había grandes, pequeños, incluso había unos casi recién nacidos pegaditos a su mamá.

Había un hombre con pantalones bombachos echando un cubo de restos a los cerdos, que estaban emocionados, y las gallinas y los pollos fueron enseguida a ver si también les caía algo.

De pronto, un pollo levantó la cabeza para mirarme y vino hacia donde estábamos Oliva y yo. Era la primera vez que veía un pollo vivo de cerca. Me incliné para mirarlo mejor.

—Hola, pollo —le dije—. Bonito sombrero.

—Es su cresta —dijo Oliva—. Su cresolivataoliva.

El pollo se dio la vuelta e hizo como que estaba ocupadísimo rebuscando por el suelo.

—¡Eh, mira! Está jugando a «Me-Hago-El-Interesante» —le expliqué a Oliva—. No le hagas ni caso y verás cómo nos sigue.

Y así fue. Vino hasta mi pie, pero cuando me agaché a su lado, salió disparado, como si de repente hubiese recordado que llegaba tarde a una importante reunión de pollos.

Antes de que pudiera seguirlo, Oliva me cogió de la mano y tiró de mí para que siguiésemos a nuestro guía, que nos llevó hasta una de las casitas de los primeros colonos americanos.

Íbamos entrando por grupos. Antes de pasar, miré atrás y vi a Marga. Estaba sola, con la cabeza agachada y las manos en los bolsillos.

Cuando Oliva y yo entramos, lo comprendí: la mujer que había dentro de la casita estaba barriendo el suelo... ¡de tierra!

Después, la mujer señaló una fuente llena de guisantes y dijo:

—Voy a hacer sopa de guisantes, pero primero tengo que lavarlos.

Eso me dio una idea.

—¿Necesitas ayuda? —le pregunté.

—¡Aquí siempre se necesita ayuda! —contestó ella, y me pasó la fuente de guisantes.

Asomé la cabeza fuera de la casita y grité:

—¡Marga! ¡Ven aquí!

Ella vino con los brazos cruzados y cara de fastidio.

—He encontrado una tarea para ti —le dije, y cuando le expliqué en qué consistía, se le iluminó la cara.

Se sentó en un banco junto a la casita y empezó a lavar los guisantes uno a uno hasta que quedaron relucientes.

Oliva y yo nos sentamos a su lado, y la mujer de la casita sacó su costura y se sentó con nosotras. Le pregunté si tenía algún tatuaje, que es algo que pregunto a todos los mayores con los que me cruzo, porque nunca se sabe quién puede llevar un tatuaje bajo la ropa.

La mujer me dijo que ella no, pero que había visto a varios marineros del viejo barco que también había en aquel museo, y que ellos sí que tenían tatuajes.

La mujer nos contó lo mal que lo pasaban en su época. Por lo visto, el rey de Inglaterra los machacaba con normas, unas normas que no les gustaban nada.

—Eran tan agobiantes que no podíamos soportarlas, y por eso nos marchamos a América —dijo.

Cuando Marga la oyó, volvió a hundirse. Y yo sabía por qué. Le había recordado lo que iba a pasarle el curso siguiente: cómo los de sexto iban a andar mangoneando, poniendo sus normas.

Por suerte, el pollo volvió a mi lado y me picoteó los cordones de las zapatillas, lo que nos ayudó a cambiar de tema.

—¿Cómo se llama? —le pregunté a la mujer.

Ella me miró como si le hubiese preguntado si el pollo sabía patinar sobre hielo.

—¿Es que no es tu mascota? —seguí preguntándole.

—¿Mascota? Oh, aquí no podemos permitirnos el lujo de tener mascotas.

—Ah, entonces solo tenéis gallinas para que os den huevos —dije (cosa que me parecía un poco egoísta por su parte, aunque no se lo dije).

—Huevos, sí —dijo la mujer—. Pero los pollos... ¡van a la cazuela!

Yo me levanté de un salto.

—¿Cómo? ¿A la cazuela? ¿Me estás diciendo que os vais a... comer... a este pobre pollo? ¡No podéis! Estos pollos son... ¡son seres vivos!

La mujer me miró como si le estuviera contando un chiste y volvió con su costura.

—¿De qué te crees que está hecho tu sándwich, Clementina? —me preguntó Marga—. Tú comes pollo cada dos por tres.

Miré al pollo.

—Ya no —le prometí—. No comeré pollo nunca más.

Él dio media vuelta y se fue con sus colegas pollos.

Oliva me dio unas palmaditas en el hombro.

—Es terrible —le dije, intentando no llorar—. Mira esos pollos. Mira sus caritas. Ellos solo quieren jugar y vivir con sus familias. Ya sé que no es culpa de esa mujer. Es solo una actriz y no va a comérselos de verdad. Pero, en la vida real, eso pasa. La gente come un montón de animales.

—Yoliva noliva —dijo Oliva.

—¿Cómo que tú no?

—Yoliva soyoliva veolivageolivataolivariaolivanaoliva.

Me llevó un minuto descifrarlo.

—¿En serio?

Oliva dijo que sí con la cabeza.

—Noliva colivamoliva aolivaniolivamaolivalesoliva.

—Oh.

Los pollos habían dejado de picotear el suelo y estaban mirándonos. Parecían preocupados.

—Yo también soy vegetariana —le dije a Oliva—. No como animales.

Me volví hacia los pollos y les prometí con la mano en el corazón:

—En serio. Empiezo ya mismo.

Lo último que visitamos fue un viejo barco. Fue mi parte favorita de la excursión porque allí olía genial, como a madera y sal, y había un montón de cosas que hacer. ¡Y uno de los marineros se remangó y me enseñó su tatuaje!

Cuando llegó la hora de comer, subimos al autobús a buscar nuestras tarteras y bajamos con ellas hasta la zona de *picnic* que había junto al museo.

Abrí mi tartera, pero nada más ver mi sándwich de pollo me entraron ganas de llorar. Y entonces me di cuenta de algo: ya no me importaban lo más mínimo los de cuarto y su estúpida norma de «ni-un-ruido-al-comer». Estaba demasiado preocupada por los pollos.

Oliva sacó su tartera y me dijo:

—Es comida vegetariana. ¿La compartimos?

Llevaba trocitos de apio y de zanahoria, crema de queso, dos manzanas y una galleta. ¡Incluso una persona con dientes de algodón haría ruido al comer todo aquello! Los de cuarto iban a volverse locos.

De pronto (y eso que mi profe estaba en la otra punta de la zona de *picnic)*, pude oír su voz en mi cabeza diciendo:

«Sé que tú conseguirás que Oliva se sienta a gusto en la excursión. Estoy seguro de que puedo contar contigo».

—Gracias —le dije a Oliva.

Cogí un trozo de zanahoria, lo unté en la salsa de queso, me levanté y me puse a imaginar las aventuras de aquel viejo barco del museo.

Si en ese momento yo hubiera podido navegar en un barco por todo el mundo, me habría llevado conmigo a Oliva, y a Marga, y a mis padres, y a todos los que pensaban que esa norma de «ni-un-ruido-al-comer» era una estupidez.

Pero, en vez de eso, lo que hice fue meterme el trozo de zanahoria en la boca y masticar lo más fuerte que pude. Y por si alguien no lo había oído, grité: «¡CRAC!».

Luego paladeé la salsa de queso con un «CHAM» tan fuerte que seguramente provocó una tormenta que sacudió el viejo barco del museo.

Por un momento no se oyó ni una mosca en toda la zona de *picnic*.

Cien caras se volvieron a mirarme todas a la vez.

Los de cuarto parecían aluciflipados. Los de tercero parecían preocupados. Marga se tapó la cabeza con la cazadora, como si no quisiera ver lo que iba a pasar.

Solo Oliva seguía tan tranquila. Cogió un trocito de apio, lo partió por la mitad y lo masticó.

Yo cogí otro trocito de apio y me puse a masticar bien fuerte. Oliva le dio un sorbo a su zumo. Yo hice «glu-glu» con el mío. Todos los ruidos que Oliva hacía, yo los repetía más fuerte.

El primero en seguirnos fue Jairo. Se levantó, rugió como un león mientras mordía un trozo de zanahoria y, al final, «ÑAM», lo masticó.

María fue la siguiente. En la vida habrás oído a alguien hacer tanto ruido comiendo uvas.

Joe sorbió y chuperreteó su yogur líquido como si fuera una hormigonera.

Uno a uno, todos mis amigos se fueron sumando al equipo de «¿Qué más da cuánto ruido hagas al comer?».

La directora se puso de pie, y no te vas a creer lo que hizo entonces.

Me miró a los ojos y levantó los brazos con los pulgares para arriba.

Yo sabía que era su manera secreta de decirme «bien hecho», pero los demás debieron de creerse que también iba por ellos, así que al final todos los de tercero se unieron a nuestro festival de «cras, chac, ñam y  glu-glu» lo más fuerte posible.

Al rato se unieron incluso los que se habían inventado la norma «ni-un-ruido-al-comer».

Al final, la única que comía como una persona normal era Oliva. Debía de estar pensando: «Mira que son ruidosos comiendo los chicos de este colegio».

Capítulo 8

Cuando volvimos al autobús,

la *Peste* era aún peor.

Nos hundimos en nuestros asientos.

A mi alrededor, todos hablaban de la excursión en «lenguaje Oliva», que sonaba aún más raro porque al mismo tiempo se tapaban la nariz para evitar *la Peste*.

Me pegué a la ventana y miré cómo el paisaje pasaba a toda velocidad.

Oliva me dio un codazo.

—Cuéntales lo del polivalloliva, Clementina.

Yo aún seguía preocupadísima por el pollo aquel.

—Hazlo tú. Sonará mucho mejor en «lenguaje Oliva», y yo no sé hablarlo —admití.

Oliva le quitó importancia.

—Oh, no te preocupes. A mí también me pasó. Al principio, cuando me lo inventé, siempre me equivocaba. Tenía que ir sílaba a sílaba muy despacito.

De repente me acordé de lo que decía mi padre cuando estábamos construyendo el Pentágono.

—Di una palabra, Oliva. Dila despacio, paso a paso.

Oliva me enseñó una mano y dijo:

—Ma.

—Ma —repetí. La cosa iba bien.

—Ma. Oliva —dijo, parándose detrás del «Ma».

—Ma. Oliva —repetí despacio.

—Ma. Oliva. No. Oliva —dijo Oliva.

—Ma. Oliva. No. Oliva —repetí—. ¡Ma-Oliva-No-Oliva! ¡Maolivanoliva! ¡Lo conseguí! —exclamé mientras le daba la maolivanoliva a Oliva.

—Gra-Oliva-Cias-Oliva —dije—. ¡Graolivaciasoliva!

La cabeza de Amanda asomó entre asiento y asiento.

—¿Me enseñas a mí también? —le pidió a Oliva.

Le cambié el sitio a Amanda para que Oliva pudiera hablar con ella y yo con Marga sin que tuviésemos que retorcer el cuello.

Ya sabía que, menos el ratito que estuvo limpiando guisantes, la excursión no había sido muy agradable para Marga.

—¡Qué bien! —le dije para animarla—. ¡Se acabó la norma «ni-un-ruido-al-comer»!

Marga se inclinó y se quitó una pelusa invisible de la falda.

—No pude —susurró—. Intenté saltármela, pero no pude.

—Marga, ¿de qué tienes miedo? ¿Qué es eso tan terrible que hacen los chicos malos de cuarto si no sigues sus normas?

Marga dejó caer la cabeza y suspiró:

—No lo sé. Nunca lo han dicho.

—¿Cómoooo? —grité.

Y me quedé con ganas de decir un montón de cosas más, como que Marga estaba como una cabra. O por ejemplo: «Tanto miedo que tenías todo este tiempo, ¿y no sabías a qué? ¿No era miedo a algo real? ¿Y me metiste a mí ese miedo?».

Pero cuando la miré fijamente, no pude ni abrir la boca. Me había dado cuenta de algo: a lo que Marga tenía miedo era a saltarse las normas. Le gustaban tanto, que le gustaban hasta las normas que no le gustaban.

Yo le puse la mano en el hombro y Marga me dejó (y eso que normalmente no le gusta nada que la gente la toque), y en vez de decirle todo lo que quería, le dije:

—Marga, dentro de poco estaré en cuarto.

—Ajá.

—Marga, levanta la cabeza. Mírame.

Marga me miró de reojo un segundo.

—¿Qué?

—En septiembre estaré en cuarto. Solo quedan ciento cincuenta días para eso. Necesito aprender a mangonear, pero no sé cómo —le dije—. Cuando intento que *Espinaca* haga algo, se tira al suelo de la risa y va y hace lo contrario. Tengo que entrenar. Y tú vas a ir a quinto, así que tienes que aprender a que te mangoneen. Vamos a aprender ahora.

Marga soltó un gruñido, pero luego me sorprendió diciendo:

—Tienes razón. Vamos a aprender ahora.

Rebusqué en mi mochila las nueces que me había dado mi padre y saqué una.

—Muy bien, ¿lista? Marga, ¡te ordeno que te saltes la norma de «ni-un-ruido-al-comer»!

—Imposible —replicó ella, y se echó para atrás como si la nuez estuviera a punto de morderla a ella—. Yo quiero colaborar, pero tienes que mangonearme mejor. Me tienes que decir un «o si no...».

—Vale, de acuerdo. ¡Marga, cómete esta nuez, o si no...!

Ella me miró.

—O si no, ¿qué? No puedes decir «o si no» y ya está. Tienes que amenazarme con un «o si no»... no-sé-qué.

—Está bien. Eeeh..., o si no, no te daré manzanas de mi manzano.

—¡No, no, no! —gimió Marga, y sacudió la cabeza tan fuerte que una de sus horquillas salió volando y aterrizó debajo de los asientos del autobús—. Tienes que inventarte un «o si no» más horrible. Algo que haga que te obedezca.

—Mmmm... —miré alrededor en busca de inspiración—. ¿Y qué tal... o si no, no recuperaré tu horquilla y tendrás que cogerla tú solita?

Marga se quedó como pegada al asiento. Le entraron escalofríos solo de imaginar las porquerías que podía haber por el suelo del autobús. Entonces frunció el ceño, se quedó pensativa y al final dijo:

—Son mis horquillas favoritas y ahora solo me queda una, y odio tener solo una por-

que... ¿en qué lado me la pongo? Pero aun así, no es lo bastante horrible, Clementina. Tiene que ser algo horribilísimo.

—Muy bien, pues entonces... —dije con mi mejor cara de mandona—: Marga, te ordeno que te saltes la norma y mastiques esa nuez con todas tus fuerzas, o si no, me arrastraré debajo de ese asiento, cogeré tu horquilla y... ¡volveré a ponértela en el pelo!

—¡AAAAAAAAAAAARGH! —gritó ella, tapándose la cara—. ¡Eso sí que es horrible! ¡Muy bueno, Clementina!

Entonces cascó una nuez, abrió la boca, se acercó la nuez a los labios...

—No, así no —le dije—. Tienes que morderla bien con los dientes. O si no... —amenacé señalando con el pulgar el suelo del autobús.

Marga cogió aire,
abrió tanto la boca
que le pude ver todo
el aparato... y enton-
ces mordió.

Comparado con lo
que había hecho yo
a la hora de comer,
el mordisco de Marga sonó como la pisada
de una polilla. Como la pisada de una polilla
sobre una alfombra blandita. Y con calceti-
nes puestos. Pero yo lo oí, y Marga lo oyó, y
con eso valía.

Nos quedamos sentadas en silencio, disfru-
tando de ese momento que nos llenaba de
orgullo a las dos, intentando no respirar *la
Peste.*

—Uauuu... —dijo Marga un rato después—.
Eres buena mangoneando al personal.

Normalmente, cuando alguien me dice que soy buena en algo, suelo ponerme contenta. Pero el cumplido de Marga me puso un poco triste. Aun así, le dije:

—Gracias. He tenido una buena maestra.

—Gracias —contestó Marga. Pero ella también parecía un poco triste por mi cumplido.

O puede que solo estuviese triste porque, después de tanto mangoneo, ella seguía con una sola horquilla.

Miré el suelo del autobús. La directora tenía razón. Parecía como si acabasen de limpiarlo.

—Vuelvo enseguida —le dije a Marga, y entonces me arrastré por el suelo y rebusqué por debajo de los asientos.

Allí, *la Peste* era aún peor. Aguanté la respiración y pasé la mano entre los pies de Rachid y de María, y luego debajo del siguiente asiento, y ahí encontré la horquilla de Marga.

Rodé hasta ponerme de espaldas para metérmela en el bolsillo de la cazadora, y cuando ya iba a darme la vuelta otra vez, vi algo que me llamó la atención.

Debajo del asiento de Willy y Lilly había una flecha.

No el dibujo de una flecha, no. Era una flecha de verdad. Una flecha metálica negra, alargada y fina. Estaba pegada a la parte de abajo del asiento con un pegote de chicle.

El caso es que aquella flecha me sonaba, pero al principio no sabía de qué.

Hasta que me di cuenta. Veía flechas como esa todos los días..., ¡en los relojes del colegio!

Y entonces lo supe: era la aguja del reloj que Baxter le había desmontado al reloj de la directora.

La aguja señalaba un tornillo que había al borde del asiento. Me estaba diciendo que lo desatornillara.

Pero tendría que hacerlo a la manera de Baxter: utilizando los recursos que tenía a mano. Y ahí, en mi bolsillo, tenía la herramienta ideal: la horquilla de Marga. La punta era como la de un destornillador.

Cuando la encajé en la cabeza del tornillo, noté que alguien me daba una patadita en la suela de la zapatilla.

—¿Qué haces ahí? —me preguntó María.

—Investigo —le contesté.

Y seguí a lo mío. Era difícil ver algo allí abajo, y moverse en tan poco espacio. Tenía el tornillo a dos centímetros de mi nariz. También era difícil respirar porque el olor de *la Peste* se volvía más insoportable por momentos.

Los dedos se me resbalaban todo el rato de la horquilla, y la horquilla se salía todo el rato del hueco del tornillo, pero yo seguía diciéndome a mí misma: «Una herramienta, una mano, una pieza. Paso a paso». Y por fin conseguí desatornillarlo.

La funda del asiento quedó un poco hueca y asomó un trozo de papel. Lo cogí.

Con letras mayúsculas enormes, escrito con un rotulador gordo, ponía: «¡NO SOY UN TROLERO!».

Tiré un poco de la funda del asiento y me pareció que algo se deslizaba por dentro. Al estirar, del interior de la funda salió una bolsa de papel cubierta de mugre oscura y grasienta.

La bolsa cayó al suelo y yo grité:

—¡Charly! ¡He encontrado tu sándwich de «huevatún»!

Rachid saltó como si su asiento estuviera en llamas y cogió a María de la mano.

—¡Yo te salvaré!

Para Rachid, estar enamorado de una chica consiste, entre otras cosas, en andar rescatándola todo el rato.

Luego, Willy se levantó de un salto de su asiento y, por primera vez en su vida, Lilly hizo lo mismo que su hermano en vez de lo contrario.

Al momento, todo el mundo en el autobús supo que yo había encontrado el origen de *la Peste* y que había sido Baxter quien lo había dejado allí.

La directora vino echando humo por el pasillo subida a sus coches de choque, armada con una revista y una bolsa de plástico.

Envolvió el sándwich con la revista, lo metió en la bolsa y la cerró

con un nudo, y nos dio permiso para abrir las ventanillas.

Su cara era como un cartel luminoso en el que podías leer desde kilómetros de distancia: «Quién me mandaría a mí venir a esta excursión. Quién me mandaría a mí hacerme directora de colegio. ¡Que alguien me saque de aquí!».

Yo volví a sentarme al lado de Marga, y estoy segura de que ella habría dado lo que fuese por que en el autobús hubiera un baño para mandarme allí a darme una ducha después de haberme revolcado por todo el suelo.

A falta de baño, sacó un montón de toallitas desinfectantes.

—Empezaremos por las manos —me dijo—. Una toallita para cada dedo.

Marga ponía mala cara, pero creo que, en el fondo, era feliz.

* * *

Cuando llegué a casa, me encontré a mis padres luchando por quitarle el mando de la tele a *Puerro.*

—¿Cómo ha ido la excursión? —me preguntó mamá.

—Bien —dije, y dejé caer la mochila al sue-lo—. He conocido a un pollo. Ahora soy vegetariana.

Noté que el corazón me latía muy fuerte mientras seguía hablando a trozos, cada vez más enfadada.

—Injusto... Es como si a *Hidratante...* ¿Quién dice que tenemos derecho...? ¡Los pollos no comen personas!

Se me amontonaban las palabras. Movía los brazos como un molinillo. Hablaba más y más alto. No podía parar.

—¿Recuerdas cuando dijiste que todos somos uno y que todos estamos en el mismo equipo, mamá? Pues los pollos deberían estar incluidos en ese equipo. NO deberíamos comérnoslos. Ni a todos los demás animales. ¡Sería lo justo!

Calabaza soltó el mando a distancia y me miró como si fuese la primera vez que me veía.

Mi padre se recostó en el sofá, se rascó la cabeza y dijo:

—¿Vegetariana? ¿Quieres decir: no al beicon?

Y lo repitió una y otra vez como si no pudiera creerse una cosa así.

Mi madre se quedó ahí, mirándome con la cabeza ladeada y una cara... La misma que ponía cuando notaba que el bebé se movía. Decía que era como sentir una nutria dentro de la tripa, una nutria que nadaba allí dentro. Siempre parecía aluciflipada cuando pasaba eso.

Solo que esta vez mamá no tenía los ojos cerrados. Me estaba mirando a mí. Y sonreía.

—Caramba, Clementina... —dijo—. Te estás haciendo mayor.

Índice

pág.

Capítulo 1 5

Capítulo 2 19

Capítulo 3 35

Capítulo 4 51

Capítulo 5 67

Capítulo 6 93

Capítulo 7 113

Capítulo 8 133

Títulos publicados

nº 1: Clementina

nº 2: Clementina
tiene talento

nº 3: Clementina
y la carta

nº 4: Clementina,
Protagonista
de la Semana

nº 5: Clementina
y la reunión
familiar

nº 6: Clementina
y la excursión
de primavera

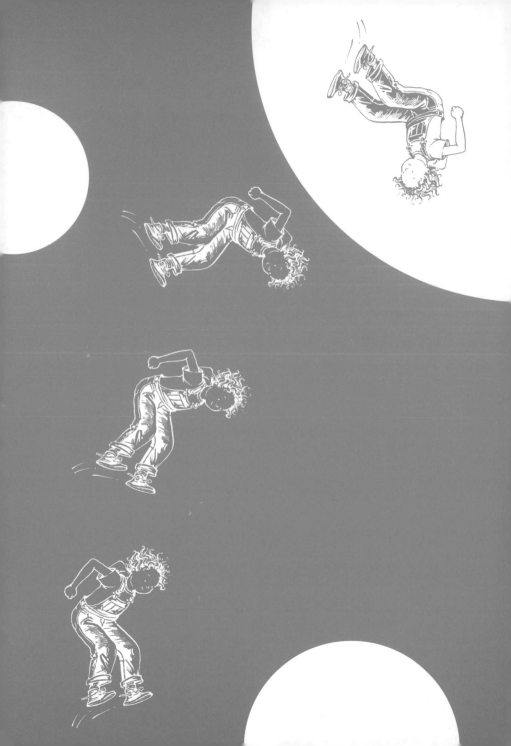